AF290110

Analyse de l'œuvre

Par Nathalie Roland et Ariane César

Blanche-Neige

des frères Grimm

lePetitLittéraire.fr

Rendez-vous sur lepetitlitteraire.fr et découvrez :

Plus de 1200 analyses
Claires et synthétiques
Téléchargeables en 30 secondes
À imprimer chez soi

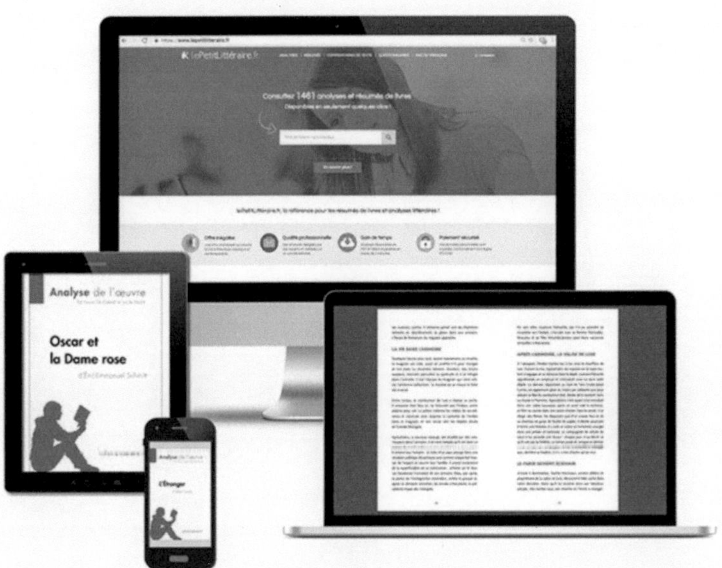

JACOB ET WILHELM GRIMM

LINGUISTES ET ÉCRIVAINS ALLEMANDS

- **Nés en 1785 (Jakob) et en 1786 (Wilhelm) à Hanau (Allemagne)**
- **Décédés en 1863 (Jakob) et 1859 (Wilhelm) à Berlin (Allemagne)**
- **Quelques-unes de leurs œuvres :**
  - *Contes d'enfants et du foyer* (1812-1815), contes
  - *Légendes allemandes* (1816), légendes
  - *Dictionnaire allemand* (1838-1961), dictionnaire

Jakob et Wilhelm Grimm sont deux frères d'origine allemande. Ils se sont intéressés à la culture germanique sous toutes ses formes : la grammaire et l'histoire de la langue allemande (*Grammaire* [1819-1837] et *Dictionnaire allemand*), les mythes (*Légendes allemandes*), les contes populaires, les origines du droit, etc.

Ils ont ainsi contribué à faire connaitre et à fixer le texte des histoires racontées oralement dans les couches populaires comme *Le Vaillant Petit Tailleur* (1812), *Les Musiciens de Brême* (1819), *Hänsel et Gretel* (1812) ou *Raiponce* (1812). Ils ont également donné d'autres versions de contes déjà rendus populaires par Charles Perrault (écrivain français, 1628-1703), comme *Cendrillon, La Belle au bois dormant* et *Le Petit Chaperon rouge.*

BLANCHE-NEIGE

UN MYTHE AU SUCCÈS UNIVERSEL

- **Genre :** conte
- **Édition de référence :** *Contes*, Paris, Flammarion, coll. « Librio », 2015, p. 7-16.
- **1re édition :** 1812
- **Thématiques :** jalousie, beauté, mort, naïveté, enfance, âge adulte

D'origine germanique, le mythe de *Blanche-Neige* (« Schneewittchen » en allemand) est connu dans toute l'Europe depuis plusieurs siècles sous de multiples versions (*Toute belle* en Bretagne ou *Angiulina* en Corse). Retranscrit pour la première fois par les frères Grimm dans les *Contes d'enfants et du foyer*, il raconte l'histoire d'une princesse d'une grande beauté qui subit la jalousie de sa belle-mère, prête à la tuer pour être la plus belle du royaume. Il évoque le passage de l'état d'enfant à celui de femme et la concurrence mère-fille.

RÉSUMÉ

Lors d'une journée d'hiver, une reine se piqua le doigt tandis qu'elle cousait. Elle fit alors un vœu : elle souhaita « avoir un enfant aussi blanc que la neige, aussi vermeil que le sang et aussi noir de cheveux que l'ébène » (p. 7). Peu après, son désir fut exaucé : elle mit au monde un enfant, mais mourut en couches.

Une année après le décès de son épouse, le roi se remaria avec une autre femme, orgueilleuse, qui ne supportait pas qu'une personne soit plus belle qu'elle. Elle interrogeait sans cesse son miroir magique, lui demandant : « Dans le royaume, quelle est de toutes la plus belle ? » (p. 8) Inlassablement, le miroir lui répondait que c'était elle.

En grandissant, la jeune Blanche-Neige devenait de plus en plus belle. Un jour, lorsque la reine interrogea son miroir, celui-ci lui affirma sa beauté, mais lui assura que celle de la princesse, âgée d'à peine 7 ans, était encore plus grande.

Jalouse de cette enfant, elle demanda à un chasseur d'emmener Blanche-Neige dans la forêt et de la tuer en rapportant « son foie et ses poumons en témoignage » (*ibid*.). Mais parvenu au bois, le chasseur ne put se résoudre à effectuer la besogne : attendri par l'innocence de l'enfant, il la laissa s'enfuir. Il rapporta comme preuve à la reine les entrailles d'un marcassin et celle-ci les fit cuisiner pour les manger.

Apeurée, Blanche-Neige traversa la forêt et courut tant qu'elle le put. Tandis que le soir arrivait, elle vit une petite maison dans laquelle elle se réfugia. Epuisée, elle entra et découvrit une table avec sept couverts, sept assiettes et sept verres, ainsi que sept lits. Elle se servit un peu dans chaque assiette avant de se coucher.

Lorsque la nuit arriva, les propriétaires de la maison, les sept nains qui travaillaient dans la montagne, rentrèrent et constatèrent que quelqu'un avait pénétré chez eux. Ils trouvèrent Blanche-Neige endormie et tous s'extasièrent devant sa beauté. Le bruit réveilla la princesse qui leur raconta ce qui lui était arrivé. Les nains lui proposèrent de rester si elle s'occupait des tâches ménagères. Blanche-Neige accepta. Le lendemain, les nains partirent travailler en mettant en garde la princesse : elle ne devait laisser entrer personne.

Dans son château, la reine interrogea à nouveau son miroir : il lui apprit que Blanche-Neige était vivante. La reine ne pourrait trouver le repos tant que la princesse serait vivante. Elle se déguisa alors en marchande pour se rendre chez les nains et y vendre des lacets. Blanche-Neige, ne voyant pas le danger, lui ouvrit la porte. La reine, déguisée en vendeuse, lui mit un lacet neuf sur son corsage et l'étouffa, en ricanant : « Et voilà pour la plus belle ! » (p. 11) De retour du travail, les nains découvrirent Blanche-Neige inanimée et coupèrent le lacet qui l'empêchait de respirer : elle revint à la vie. Elle leur raconta les évènements et les nains révélèrent l'identité de la prétendue vendeuse.

S'adressant à nouveau à son miroir, la reine apprit que la princesse était toujours en vie. Elle fabriqua alors un peigne empoisonné, se déguisa en vieille femme puis se rendit à la maison des nains. Blanche-Neige refusa d'abord de la laisser entrer puis, attirée par l'objet, elle lui ouvrit la porte. La vieille lui mit le peigne dans les cheveux et la jeune fille tomba sur le sol. Peu de temps après, les nains revinrent du travail : ils comprirent rapidement ce qu'il s'était passé et ôtèrent le peigne des cheveux de la jeune enfant : elle revint à elle. Ils lui rappelèrent à nouveau de n'ouvrir à personne.

Lorsque le miroir affirma que Blanche-Neige était toujours vivante, la reine, folle de colère, s'enferma dans une chambre secrète et y fabriqua une pomme empoisonnée « si appétissante que nul ne pouvait la voir sans en avoir envie » (p. 13). Elle se déguisa en paysanne, puis se rendit à nouveau à la demeure des nains. Blanche-Neige refusa de lui ouvrir et n'accepta pas la pomme. La vieille lui proposa alors de la couper en deux : la jeune fille mangerait la partie rouge tandis qu'elle prendrait la partie blanche. Incapable de résister, la princesse croqua la partie rouge et mourut instantanément. Le miroir affirma enfin à la reine qu'elle était la plus belle.

Lorsque les nains découvrirent Blanche-Neige, ils ne purent rien faire pour la sauver. Mais elle était tellement belle qu'ils ne purent se résoudre à l'enterrer. Ils la mirent dans un cercueil de verre et portèrent son corps sur la montagne.

Les animaux vinrent aussi rendre hommage à la princesse morte.

Un jour, un prince qui passait dans la forêt aperçut le corps de la princesse et en tomba immédiatement amoureux. Les nains acceptèrent de lui confier le cercueil. Le prince donna l'ordre à ses serviteurs de transporter le corps et, lorsqu'ils le déplacèrent, le morceau de pomme coincé dans la gorge de Blanche-Neige bougea : elle revint à la vie. Le prince la voulut pour épouse et des noces furent préparées. La reine, invitée au mariage, interrogea son miroir qui lui dit que « la jeune reine [était] mille fois plus belle » (p. 16). Partagée entre curiosité et rage, elle se rendit au bal. Lorsqu'elle arriva, elle fut forcée de porter des « souliers qui étaient sur le feu, à rougir [...] et [de] danser jusqu'à sa mort, qui suivit bientôt » (*ibid.*).

ÉTUDE DES PERSONNAGES

BLANCHE-NEIGE

Au début du récit, Blanche-Neige est une enfant âgée de 7 ans dont le vrai prénom n'est pas donné. Elle est uniquement désignée par l'une de ses qualités physiques : sa peau blanche comme la neige. En grandissant, elle devient de plus en plus belle, ce qui provoque la jalousie de la reine.

Trois couleurs sont associées à ce personnage : le blanc, le rouge et le noir. Dans l'imaginaire collectif, le blanc renvoie généralement à l'innocence et à la pureté, deux des qualités de ce personnage. Même lorsque la reine est exécutée lors du bal, la princesse n'y prend pas part, demeurant ainsi pure. Quant au rouge, il symbolise le sang, synonyme de vie, de sacrifice et de menstruations. Enfin, le noir renvoie à la mort et à la vie qui renait de celle-ci.

Lorsqu'elle arrive chez les nains, ceux-ci la

mettent en garde contre sa belle-mère, mais en vain. Ils ne peuvent protéger Blanche-Neige d'elle-même : elle succombe trois fois à la tentation soit par coquetterie, soit par gourmandise, entrainant ainsi un drame. Le conte expose alors de façon imagée les dangers de parler à des inconnus.

L'empoisonnement dû à la pomme renvoie également à d'autres légendes connues. Dans la Bible, Adam et Ève croquent une pomme, le fruit défendu, et sont tous deux chassés du paradis terrestre : la pomme devient le symbole du péché originel. Le sommeil profond dans lequel tombe Blanche-Neige rappelle celui de la nature (tous les animaux viennent d'ailleurs lui rendre hommage). Dans l'Antiquité, c'est aussi un personnage d'une grande beauté, Perséphone, qui évoque symboliquement le changement des saisons.

PERSÉPHONE

Fille de Déméter, déesse de l'agriculture et des moissons, Perséphone est enlevée par Hadès, dieu des Enfers, qui veut en faire son épouse. La mère de Perséphone part à sa recherche et laisse, pendant ce temps, les terres sans récolte. Zeus intervient pour demander à Hadès de rendre Perséphone à sa mère. Mais comme elle a gouté la nourriture des Enfers, Perséphone doit y rester. Zeus trouve alors un compromis : Perséphone passera six mois avec sa mère (qui correspondent au printemps et à l'été) et six mois aux Enfers (qui correspondent à l'automne et à l'hiver).

LE ROI

Il s'agit d'un personnage secondaire, peu apparent dans le récit. La seule information donnée à son sujet est son remariage. Il n'est pas dit explicitement qu'il est mort, mais son absence et sa non-intervention dans l'histoire peuvent le laisser penser.

LA REINE

« Si fière et si orgueilleuse » (p. 7), la reine ne supporte pas de ne pas être la plus belle du royaume et hait Blanche-Neige pour cette raison. Elle est décrite de manière très négative : les nains la traitent de « vieille colporteuse » (p. 12), elle est qualifiée de « maudite » (*ibid.*) et d'« affreuse marâtre » (p. 13).

Bien que le mot ne soit jamais utilisé dans le conte, la reine peut être identifiée à une sorcière : elle se rend dans une chambre secrète pour fabriquer une pomme dont seule une moitié contient du poison. Notons que sa méchanceté rend plus légitime la mort cruelle qu'elle endure.

La reine forme avec Blanche-Neige un couple mère-fille, et évoque d'un point de vue psychologique un conflit œdipien. Dans le conte, la reine, qui vieillit de plus en plus, ressent la concurrence de la jeune princesse.

Le miroir, symbole de sa coquetterie, lui renvoie sous forme d'image la perte de sa position dominante dans le royaume. La fin du conte, qui signe l'élimination définitive de la reine, laisse entendre qu'une mère doit laisser la place au bonheur et à l'épanouissement de sa fille.

Le complexe d'Œdipe

Le complexe d'Œdipe est un concept fondamental de la psychanalyse. Défini par Sigmund Freud, médecin autrichien et fondateur de la psychanalyse (1858-1939), il représente le désir inconscient d'avoir un rapport sexuel avec le parent du sexe opposé et de tuer le parent du même sexe, considéré comme un rival. Il renvoie ainsi aux situations d'inceste et de parricide.

Freud, pour conceptualiser le complexe d'Œdipe, s'est inspiré de l'*Œdipe Roi* (430-426 av. J.-C.), tragédie de Sophocle (écrivain grec, 496-406 av. J.-C.). Sophocle y relate le destin incestueux et parricide qui s'abattit sur la famille de Thèbes. Alors que Laïos et Jocaste régnaient sur la ville, l'oracle de Delphes leur fit une terrible prédiction : Laïos serait assassiné par le fils que portait Jocaste et ce fils épouserait ensuite sa propre mère.

Lorsqu'Œdipe naquit, le couple prit la décision d'abandonner leur nouveau-né sur le Mont Cithéron, persuadé qu'il mourrait. Mais l'enfant fut recueilli par un berger de Corinthe et confié au couple royal, Polybe et Mérope, qui ne pouvait avoir de descendance.

Quelques années plus tard, Œdipe tua Laïos au cours d'une querelle, ignorant que celui-ci était son père biologique. L'oracle commençait à se réaliser. Thèbes ne chercha pas à élucider le crime car la ville était alors menacée par le Sphinx, un monstre ailé qui dévorait les voyageurs se rendant à Thèbes. À Corinthe, Œdipe, mis au courant des paroles de l'oracle et persuadé que Polybe était son père biologique, quitta la ville pour que la prophétie ne puisse se réaliser. Arrivé à Thèbes et averti du fléau qui s'abattait sur la ville, il affronta le Sphinx et le vainquit. Œdipe fut accueilli en héros par les Thébains : ils le nommèrent roi de la cité et il épousa Jocaste, sa mère. L'oracle de Delphes s'était accompli.

LE CHASSEUR

Le chasseur est chargé par la reine d'emmener Blanche-Neige dans la forêt pour la tuer : ce lieu sombre apparait souvent dans les contes comme un lieu d'impunité et de terreur où règne la cruauté des animaux et des humains. Mais il n'est pas capable de le faire. Cet élan de bonté ne doit toutefois pas faire oublier qu'il cherche tout de même à se déculpabiliser en pensant : « Les bêtes sauvages auront tôt fait de la dévorer. » (p. 8)

À la place des foie et poumons demandés par la reine, il ramène les entrailles d'un marcassin. Ce sacrifice d'un animal à la place d'un humain en rappelle d'autres célèbres dans la mythologie antique (Iphigénie évite la mort parce que la déesse Diane a pitié d'elle et fait apparaitre une biche qui est tuée à sa place) ou dans les traditions religieuses chrétienne, juive et musulmane (pour tester la foi d'Abraham, Dieu lui demande de sacrifier son fils Isaac, avant de l'arrêter et de lui offrir un bélier comme victime).

LES SEPT NAINS

Dans les contes, les nains apparaissent soit comme des êtres sympathiques qui aident le héros (ils sont qualifiés de « gentils » et « amicaux » [p. 10] dans *Blanche-Neige*), soit comme des êtres maléfiques (Blanche-comme-Neige et Rose-Pompon, conte des frères Grimm).

Dans la version des frères Grimm, les sept nains ne portent pas de noms. Ils vivent dans la forêt et travaillent dans les montagnes pour en extraire les minerais. Leur première rencontre avec Blanche-Neige a lieu dans leur propre maison. Dès qu'ils la voient, ils sont subjugués par sa beauté : « Ô mon Dieu ! Ô mon Dieu ! s'exclamaient-ils tous, la belle enfant ! Comme elle est mignonne ! Comme elle est jolie ! » (*ibid.*)

Célibataires, ils gèrent seuls leur ménage avant l'arrivée de Blanche-Neige (ils avaient déjà dressé la table et prévu leur repas du soir). Pourtant, ils proposent une sorte de contrat équitable à la jeune fille : elle peut rester chez eux si elle s'occupe des tâches ménagères. Par ailleurs, ils jouent un rôle d'éducateurs, en mettant en garde à trois reprises Blanche-Neige contre sa belle-mère, ainsi qu'un rôle de protecteurs en la sauvant à deux reprises de la mort.

LE PRINCE

Ce personnage n'apparait qu'à la fin du récit. Il est le dernier sauveur de Blanche-Neige. Lorsqu'il aperçoit le corps de la princesse, il en tombe immédiatement amoureux : « Je ne puis pas vivre sans admirer Blanche-Neige, et je la traiterai et la vénérerai comme ma bienaimée, comme ce que j'ai de plus cher au monde ! » (p. 15) Lors du transport du corps, la pomme se décoince de la gorge de Blanche-Neige et elle revient à la vie. Il lui fait alors sa déclaration : « Je t'aime et tu m'es plus chère que tout au monde. Viens, accompagne-moi au château de mon père [...] tu seras mon épouse. » (*ibid.*)

Dans les contes des frères Grimm, les femmes sont souvent dépendantes des hommes. Blanche-Neige revient à la vie parce qu'un homme s'intéresse à elle et l'embrasse. Cette dépendance est visible dans la société du XIXe siècle, à l'époque où écrivent les frères Grimm : les femmes obtiennent un statut social grâce à leur mari.

CLÉS DE LECTURE

SCHÉMA NARRATIF

Blanche-Neige, comme tous les contes merveilleux, suit le schéma narratif simple (situation initiale, élément perturbateur, péripéties, élément équilibrant, situation finale), tout en y insérant le plus souvent les caractéristiques liées au genre (absence de cadre spatio-temporel précis, intrusion du merveilleux, présence d'une morale).

Situation initiale

C'est le début de l'histoire, le moment où l'on plante le décor et les personnages ; la situation est équilibrée, c'est-à-dire qu'elle n'a aucune raison d'évoluer.

- Le lecteur ne sait pas précisément quand et où se passe l'histoire, mais il comprend que les deux personnages principaux sont la nouvelle épouse du roi et Blanche-Neige ; la première incarnant le Mal et la seconde faisant figure d'héroïne incarnant le Bien. L'intrusion du merveilleux est clairement établie car la reine possède « un miroir magique » (p. 7) qui parle. Le lecteur apprend qu'après le décès de la reine, le roi se remaria « avec une autre femme qui était très belle mais si orgueilleuse de sa beauté qu'elle ne pouvait supporter qu'une autre la surpassât » (*ibid.*). Ce roi avait une petite fille prénommée Blanche-Neige.

Élément perturbateur

C'est un évènement qui vient bouleverser la situation initiale et qui va déclencher l'histoire proprement dite.

- L'équilibre de la situation initiale est rompu car le miroir magique, interrogé comme de coutume, apprend à la reine que Blanche-Neige est mille fois plus belle qu'elle.

Péripéties

Ce sont les évènements provoqués par l'élément perturbateur et qui entrainent la ou les actions entreprises par le héros pour résoudre le problème.

- Dans le conte merveilleux, les péripéties

vécues par le héros prennent souvent l'allure d'épreuves à surmonter ou d'une quête à réaliser. Au cours des péripéties, le héros rencontre des personnages qui vont l'aider à s'affranchir ou qui seront, au contraire, une entrave à ses actions. De fait, Blanche-Neige rencontre sur sa route sept nains et un prince qui la sauveront d'une cruelle belle-mère, prête à tout pour la voir périr. La reine, jalouse de Blanche-Neige devenue mille fois plus belle qu'elle, demande au chasseur d'aller la tuer dans la forêt ; ce dernier lui laisse la vie sauve ; Blanche-Neige s'enfuit et se réfugie chez les nains. La reine apprend que Blanche-Neige n'est pas morte ; elle tente de la tuer une première fois avec un lacet ; les nains la sauvent ; la reine fait une deuxième tentative avec un peigne empoisonné ; les nains parviennent à ranimer Blanche-Neige ; la reine réussit finalement à assassiner la princesse avec une pomme empoisonnée ; les nains ne peuvent la sauver et la placent dans un cercueil de verre.

Élément équilibrant

Il met un terme aux péripéties et conduit à la situation finale.

- Ainsi, alors que Blanche-Neige git dans son cercueil, veillée par les nains, un prince, qui passait par là, l'admire et en tombe amoureux. Tandis que les serviteurs du prince emportent le cercueil, ils trébuchent sur une racine et le morceau de pomme se décoince de la gorge de Blanche-Neige qui revient à la vie.

Situation finale

C'est la fin de l'histoire. La situation est à nouveau stable comme la situation initiale, mais elle a subi des transformations.

- La situation finale du conte amène une morale du type : le Bien triomphe du Mal, les méchants sont toujours punis, et dans toute épreuve, il faut voir la promesse d'un avenir meilleur. Blanche-Neige épouse le prince ; la reine se rend aux noces et est condamnée à un châtiment qui entraine sa mort.

LE GENRE DU CONTE MERVEILLEUX

L'origine des contes merveilleux appartenant à la littérature occidentale se situe dans les légendes et les mythes de l'Antiquité et du Moyen Âge.

Ces histoires, qui relèvent du folklore et de la tradition populaire, étaient conçues pour distraire et édifier, et, transmises oralement, elles étaient destinées d'abord aux adultes. C'est à partir de Charles Perrault, considéré comme le père fondateur de ce genre, que les contes commencent à s'adresser aux enfants et deviennent un genre littéraire.

À côté du récit narratif et distrayant, dont la morale est rapidement acquise par le jeune public, le conte merveilleux a également une portée symbolique. Il s'agit, en effet, d'un récit initiatique : le personnage principal vit une aventure qui l'amène à résoudre un conflit. Au terme de cette aventure, il aura grandi. Le conte, à travers des images symboliques et des personnages stéréotypés, amène donc le lecteur à réfléchir sur un conflit, qui remonte souvent à l'enfance et qui traduit soit un problème lié à la famille (tension dans la fratrie, abandon, inceste, jalousie, etc.) soit une difficulté personnelle (passage de l'enfance à l'adolescence, attachement, transgression d'interdit, etc.).

Blanche-Neige reprend les caractéristiques classiques du conte merveilleux.

Du point de vue de la forme :

- le texte est bref et les auteurs ont recours aux ellipses temporelles. On ne sait rien, par exemple, de l'enfance de Blanche-Neige ;
- certains évènements ou phrases se répètent pour donner un rythme et une structure à l'histoire. La reine interroge toujours son miroir de la même manière (« Miroir, gentil miroir, dis-moi dans le royaume quelle est de toutes la plus belle ? », p. 10) Cela permet également de mettre en valeur les éléments plus symboliques.

Du point de vue du fond :

- l'histoire est intemporelle, il est difficile de situer chronologiquement les faits (le récit commence par « Il était une fois, en plein hiver » [p. 7] et aucune date précise n'est référencée) ;
- le pays où se déroule l'histoire est lointain et fictif, mais possède des éléments familiers pour le lecteur (une forêt, un marcassin, etc.) ;
- le merveilleux intervient puisque la reine utilise la magie pour empoisonner la pomme, et elle interroge un miroir qui parle et évalue la beauté ;

- le récit se conclut sur une morale et une fin optimiste. Blanche-Neige a survécu, elle trouve l'amour et a droit à des noces « célébrées dans la magnificence et la somptuosité » (p. 16). Quant à la cruelle belle-mère, elle est condamnée à « danser dans des escarpins de fer rouge jusqu'à sa mort » (*ibid.*) ;
- les personnages sont stéréotypés. Du point de vue physique, mentionnons les couleurs associées à Blanche-Neige, les déguisements pris par la reine pour tromper la princesse, les nains, etc. Du point de vue des rôles, chaque personnage a une mission. La reine est un être maléfique (bourreau) qui veut tuer Blanche-Neige (victime), le chasseur l'épargne, les nains l'aident et lui sauvent la vie, le prince la ressuscite et l'épouse (protecteurs et sauveurs), etc.

Le conte, en tant que récit court et amusant, peut donc être apprécié tant du jeune enfant que de l'adulte. En effet, sa lecture peut se faire à deux niveaux. En premier lieu, il y a l'histoire simpliste d'un héros dont la bonté viendra à bout d'un personnage maléfique et détestable après de nombreuses épreuves. Puis vient une lecture à un second niveau : une lecture psychanalytique visant à apporter des pistes de solution à un problème qui remonte à l'enfance et qui, inconsciemment, empêche le héros d'avancer.

LE ROMANTISME ALLEMAND

Dès 1770, en Allemagne, le courant romantique succède au classicisme et au rationalisme des Lumières (philosophes mettant en avant la connaissance et la raison, 1715-1789). Le romantisme allemand est représenté par Goethe (écrivain et homme d'État, 1749-1832) et Schiller (écrivain, 1759-1805).

L'exaltation des sentiments

Les auteurs romantiques allemands ont subi une double influence. D'une part, le roman gothique anglo-saxon, dont le premier écrit est *Le Château d'Otrante* (1764) d'Horace Walpole (1717-1797), fournit un terreau propre à l'expression des sentiments : les châteaux et chevaliers du Moyen Âge, les contes et légendes, etc. D'autre part, le *Sturm und Drang* (« Tempête et Passion »), mouvement de révolte face à la pensée de Lumières, remet l'homme au centre de l'écriture, lui accordant le droit d'exprimer ses sentiments et de revendiquer l'épanouissement personnel dans une existence qui lui est propre.

L'exaltation des sentiments caractérise avant tout les auteurs romantiques. Pour exprimer les états d'âme du héros déchiré, différents thèmes sont privilégiés. On trouve notamment :

- la nature qui permet l'évasion et le retrait du monde ;
- le mysticisme (doctrine ou attitude qui tend à rapprocher l'homme de Dieu) ;
- le retour dans le passé avec une prédilection pour l'époque médiévale, dont les mystères et la face sombre nourrissent la nostalgie ;
- le monde imaginaire, avec une prédilection pour le merveilleux, le fantastique et le rêve, propres à sonder l'inconscient.

Dans *Blanche-Neige*, on retrouve les différents thèmes énoncés ci-dessus. En effet, la forêt pleine de dangers (des épines, des pierres poin-tues et des bêtes sauvages) permet à la jeune fille de s'éloigner du monde pour accomplir sa quête initiatique qui lui permettra de devenir une femme. Un clin d'œil est fait au mysticisme : Blanche-Neige n'oublie pas sa prière avant de se coucher. Le conte fait également appel au surnaturel : un miroir magique, une pomme empoisonnée, etc. Enfin, le retour au conte populaire transmet ce souhait de renouer avec un passé dont les auteurs ont la nostalgie.

L'expression du nationalisme

Le mouvement du nationalisme prône le retour aux traditions populaires (folklore, légendes, etc.) et la mise en valeur de tout ce qui caractérise une nation, c'est-à-dire la langue, les arts et la littérature, la religion et les croyances. Le nationalisme romantique est né sous la plume d'écrivains refusant l'idée d'être soumis par un pouvoir extérieur qui viendrait fragiliser l'unité de la nation.

Les frères Grimm s'inscrivent dans ce nationalisme romantique. En effet, ces philologues et linguistes ont rédigé non seulement le *Dictionnaire allemand*, un dictionnaire historique de la langue allemande, mais aussi plusieurs ouvrages ayant trait au folklore et aux traditions allemandes : *Mythologie allemande* (1835), ouvrage sur la mythologie germanique et les *Contes d'enfants et du foyer*, recueil de contes populaires allemands.

La place de l'inconscient

La littérature romantique fait apparaitre la large place qu'occupe l'inconscient dans la compréhension des conflits qui animent l'homme. En effet, l'expression du moi et des sentiments passe par la compréhension des épreuves et des peurs qui se présentent au cours de l'existence.

Ainsi, dans chaque conte des frères Grimm, l'histoire devient, pour qui veut l'entendre, l'expression de peurs et de pulsions refoulées dans l'inconscient mais prêtes à être ramenées à la conscience grâce à la mise en place d'un univers hautement symbolique. Cet univers n'attend qu'à être décrypté et interprété.

C'est pourquoi les contes mettent en scène des personnages stéréotypés dont la destinée et le sort peuvent être facilement associés à l'environnement du jeune lecteur : un père, une mère, des personnages qui viennent en aide et font grandir, d'autres qui tendent des pièges. Le lecteur s'identifie au personnage principal, compare leurs univers et leurs vécus. Il peut alors en tirer des leçons de morale et de vie.

BLANCHE-NEIGE

Les différentes versions du conte

Au début du XXe siècle, les contes traditionnels européens ont été collectés et classés selon leur ressemblance de contenu. Cette classification fut établie successivement par Antti Aarne (folkloriste finlandais, 1867-1925), Stith Thompson (folkloriste américain, 1885-1976), et Hans-Jörg Uther (folkloriste allemand, né en 1944) : elle reprend un ensemble de catégories thématiques où sont indexés des contes types, auxquels sont attribués un numéro et les variantes locales du conte. Cette classification reprend un total de 2499 contes.

Les cinq catégories de cette classification sont :

- les contes d'animaux (contes 1-299) ;
- les contes ordinaires, regroupant les contes merveilleux (contes 300-749), les contes religieux (contes 750-849), les contes-nouvelles (contes 850-999), les contes de l'ogre ou du Diable dupé (contes 1000-1199) ;
- les contes facétieux et anecdotes (contes 1200-1999) ;

- les contes à formules (contes 2000-2399) ;
- les contes non répertoriés (contes 2400-2499).

Blanche-Neige porte le numéro 709 et se classe donc dans les contes merveilleux. Il s'agit de la version des frères Grimm qui avaient collecté plusieurs versions du conte, véhiculées par tradition orale, dans le but d'écrire un conte destiné aux enfants.

Les frères Grimm écrivirent différentes versions du conte et le nom de leur héroïne changea aussi quelques fois. Au début, Blanche-Neige s'appelait Boule-de-neige mais, dans d'autres versions, elle s'appelle Neigefleur, Perce-neige ou Fleur-de-neige.

On retrouve aussi de nombreuses autres versions de l'histoire de Blanche-Neige, sous d'autres titres, notamment *La Petite Toute-Belle*, un conte breton : une jeune fille, qui se prénomme Toute-Belle tant elle est jolie, est détestée de sa mère.

Cette dernière, aidée par une servante, s'en débarrasse en la faisant jeter dans un puits, mais trois dragons prennent la jeune fille sous leur protection. La mère et la servante tentent alors de l'empoisonner, sans succès. Un jour, alors que Toute-Belle, naïve, revêt une robe offerte par sa mère, elle s'effondre sur le sol, inanimée. Placée dans un cercueil et déposée sur la mer, elle est retrouvée par un jeune roi qui la ramène à la vie et l'épouse. La mère de la jeune fille est brûlée vive.

Dans le *Pentamerone* (1634) de Giambattista Basile (auteur italien, 1566-1632), on retrouve le même conte sous le titre *La Jeune Esclave* : une jeune fille est adoptée par un couple royal qui ne peut avoir d'enfant. Mais très vite, le roi tombe amoureux de la jeune fille, faisant ainsi naitre la jalousie de la reine.

Dans certaines versions, c'est donc la mère naturelle de Blanche-Neige et non une marâtre qui veut se débarrasser de sa fille, dans d'autres il peut s'agir d'une mère adoptive.

La symbolique dans le conte

Dans *Blanche-Neige*, on retrouve différents éléments symboliques et typiques du conte merveilleux, explicités ci-dessous.

Le miroir

Comme symbole de vérité, le miroir reflète la réalité. Cette réalité peut être cruelle et difficile à accepter car elle renvoie au vieillissement. La reine a peur de vieillir car elle s'enlaidirait. Elle souhaite garder la jeunesse éternelle et quand le miroir lui renvoie son reflet, « elle frémit, car elle [sait] que le miroir ne [peut] pas dire de mensonge » (p. 11). Dans *Blanche-Neige*, le miroir est magique car il parle à la reine et a le don d'ubiquité, pouvant dire exactement où se cache la jeune fille.

Le chasseur

Le chasseur est un personnage stéréotype de nombreux contes. La chasse est l'attribut des seigneurs et des prédateurs. Chasser c'est posséder un pouvoir de vie et de mort. Dans *Blanche-Neige*, le chasseur joue ce double rôle : pour la reine, il est celui qui donne la mort et, pourtant, il laisse la vie à la jeune fille. Celle-ci est d'ailleurs bien consciente de ce double pouvoir car elle raconte aux nains que « le chasseur lui avait laissé la vie sauve » (p. 10).

La forêt

Il s'agit à la fois d'un espace dangereux car « des bêtes sauvages » (p. 8) y vivent, mais aussi bienveillant puisqu'on peut y trouver un refuge : Blanche-Neige est recueillie par « les gentils petits nains » (p. 10) qui vivent dans la forêt.

La forêt représente un lieu sans règles et sans repères où tous les dangers sont des épreuves. De ces épreuves le héros sort grandi. Il n'est pas rare que, dans le conte, la forêt soit le passage obligé du rite d'initiation qui conduit de l'adolescence à l'âge adulte.

Le chiffre 7

Le chiffre 7 est un chiffre sacré : il représente la perfection, la divinité. Dans *Blanche-Neige*, il caractérise les nains, adjuvants de la jeune fille : « sept petites assiettes » et « sept petits lits » (p. 9) pour « sept nains » (*ibid*.) qui habitent au-delà de « sept montagnes » (p. 11).

En outre, Blanche-Neige est âgée de 7 ans lorsqu'elle atteint une beauté sans pareille.

Le marcassin

Le marcassin est le petit du sanglier, gibier royal par excellence et, par là, entièrement au gout de la reine. Dans la mythologie celtique, le sanglier est symbole de courage et de force. Il est également souvent associé au rite de passage. Il était donc approprié de choisir le marcassin pour offrir ses entrailles à la méchante reine à la place de celles de Blanche-Neige, courageuse devant les épreuves qui l'attendent.

Le foie

La reine réclame le foie et les poumons de Blanche-Neige, qu'elle fait mettre à saler et à cuire pour mieux s'en régaler. En réalité, elle dévore sa propre vengeance car le foie symbolise la colère et la rancœur.

Le blanc, le rouge et le noir

Le rouge symbolise la sexualité et plus précisément le moment où la jeune fille entre dans la puberté. Dans le conte, « trois gouttes de sang tombèrent sur la neige » (p. 7) quand la reine se piqua. On peut ainsi interpréter que le passage dans la puberté, et le premier cycle menstruel, viennent salir l'innocence de la jeune Blanche-Neige, mais que ce passage est aussi incontournable pour devenir une femme.

Le blanc, par ailleurs, représente la pureté, la virginité et l'innocence. Cette opposition entre souillure et pureté se retrouve aussi dans la pomme que la reine offre à Blanche-Neige : une pomme qui « était très belle, bien blanche avec des joues rouges » (p. 13). La jeune fille, en croquant dans la partie empoisonnée de la pomme, c'est-à-dire la partie rouge, entame son premier pas dans sa vie d'adulte.

Quant au noir, il symbolise le deuil mais aussi la promesse d'une nouvelle vie, car, comme dans tous les mythes fondateurs, le noir précède la création.

L'aspect psychanalytique

Blanche-Neige est un conte centré sur les rapports entre la mère et la fille, en particulier sur le complexe d'Œdipe. Bruno Bettelheim (pédagogue et psychologue américain, 1903-1990), dans *Psychanalyse des contes de fées* (1976), écrit que ce conte relate « les désirs œdipiens d'un père et de sa fille et la jalousie que fait naitre leur attitude chez la mère ». Le complexe d'Œdipe a été découvert par Sigmund Freud et se résume ainsi : chez tous les jeunes enfants se développe un sentiment amoureux envers le parent du sexe opposé et ce fait induit un sentiment de jalousie envers le parent du même sexe, perçu comme un rival.

Dans le conte *Blanche-Neige*, l'enfant représente donc un obstacle dans la vie du couple et il faut s'en débarrasser. Le père est peu présent puisqu'il n'est cité qu'une seule fois dans le récit et c'est la belle-mère qui tient le rôle de la mère. Ce n'est pas sans raison que les frères Grimm accordent peu de temps au père car il faut le présenter comme un homme faible et incapable de proté-ger son enfant.

Le conte ne parle pas non plus de la petite enfance de Blanche-Neige : on passe de sa naissance à ses 7 ans, âge où elle commence à devenir « belle comme le jour » (*ibid.*), ce qui déplait à la reine car Blanche-Neige est « bien plus belle » (*ibid.*) qu'elle. L'âge de 7 ans correspond à la phase de latence du complexe d'Œdipe. Cette période s'insère entre la période du complexe d'Œdipe et l'adolescence.

C'est le miroir qui permet d'apporter un éclairage sur la portée psychanalytique du conte. L'histoire met en scène une belle-mère jalouse de la sexualité naissante de sa belle-fille. Le miroir renvoie effectivement ce sentiment car, après l'avoir consulté, « la reine sursauta et devint jaune, puis verte de jalousie » (p. 8).

Mais la symbolique psychanalytique du miroir est bien plus profonde. Durant la période du complexe d'Œdipe, Freud dit que la petite fille est également jalouse de sa mère qu'elle voit comme une rivale dans la relation qu'elle entretient avec son père. Le miroir serait donc aussi le reflet de ce que Blanche-Neige ressent elle-même. Pour échapper au conflit, l'abandon en forêt serait donc le reflet de ce qu'elle souhaite par ailleurs, c'est-à-dire fuir sa belle-mère.

Elle se réfugie alors chez les nains et, comme une provocation qui fait partie de son apprentissage, elle se couche tour à tour dans chacun des sept petits lits jusqu'à trouver celui qui lui convient parfaitement. On peut y voir le désir de prendre sa sexualité en main et la tentation de céder facilement à ses pulsions. Les nains lui permettent toutefois de passer sagement cette étape de l'adolescence car ils ne représentent aucun objet de passion : en soi, ce ne sont pas des figures masculines qui sont présentées ici.

Ce passage chez les nains correspond à l'adolescence et toutes les épreuves qu'il faut traverser pour devenir une femme adulte et désirable : le lacet pour serrer le corset et le peigne pour mettre la chevelure en valeur en sont des exemples. On peut noter que ces épreuves lui sont toujours imposées par sa belle-mère : bien que Blanche-Neige cherche à fuir l'image maternelle, celle-ci se rappelle toujours à elle. Pourtant les nains ont prévenu Blanche-Neige : dans la consigne « Ne laisse donc entrer personne » (p. 10), Bruno Bettelheim y voit un message indiquant que Blanche-Neige ne doit pas laisser sa belle-mère entrer dans son être intérieur.

Enfin, Blanche-Neige sombre dans un profond et long sommeil dont elle sera sortie par un prince. Ce sommeil l'a amenée à plus de maturité : le complexe d'Œdipe et l'adolescence sont maintenant terminés, une nouvelle vie s'offre à

Blanche-Neige. La jeune fille, en recrachant le morceau de pomme, a su se libérer de cet amour qui l'étouffe. Elle est désormais adulte et prête à aimer un autre homme que son père.

La lecture de *Blanche-Neige* peut se faire à deux niveaux. Le premier suit une histoire simple composée de personnages stéréotypés et d'éléments symboliques. Il y a des gentils et des méchants, des épreuves et une vision optimiste de la vie puisque, finalement, tout se termine bien : la princesse, si gentille, voit sa condition améliorée et la méchante reine est punie. Mais, derrière cette première lecture, on peut accéder à un second niveau qui touche à notre moi profond, à notre inconscient et ce qui y est refoulé : les peurs, les pulsions et les doutes. C'est alors une lecture psychanalytique, voire thérapeutique, que nous livrent les auteurs.

PISTES DE RÉFLEXION

QUELQUES QUESTIONS POUR APPROFONDIR SA RÉFLEXION...

- Quel élément du conte *Blanche-Neige* peut être mis en relation avec le mythe de Narcisse ? Expliquez.
- Recherchez la portée symbolique des trois oiseaux qui viennent pleurer devant le cercueil de Blanche-Neige.
- Les nains ont une place importante dans le conte. Faites quelques recherches sur leur symbolique et leur portée psychanalytique.
- Au début du conte, on trouve une allusion à un autre conte populaire : « Les flocons descendaient du ciel comme des plumes et du duvet. » (p. 5) Quel est ce conte ? Pourquoi les frères Grimm y ont-ils fait allusion ?
- Blanche-Neige traite du thème de la mère dévorante. Recherchez d'autres contes qui sont construits autour de ce thème. Illustrez par des exemples.
- Relevez la symbolique dans le conte *Le Petit*

Chaperon rouge. Comparez avec Blanche-Neige des frères Grimm.

- Les contes des frères Grimm comportent une morale. Comparez l'expression de cette morale avec celle des contes de Charles Perrault.
- Établissez un rapprochement entre Raiponce et Blanche-Neige. Illustrez par des exemples.
- Relevez, dans la littérature occidentale, quelques exemples d'ouvrages que l'on pourrait étiqueter de « nationalistes ». Justifiez votre choix.
- Comparez la version de *Blanche-Neige* des frères Grimm avec l'une de ses adaptations au grand écran.

Votre avis nous intéresse !
Laissez un commentaire sur le site de votre librairie en ligne
et partagez vos coups de cœur sur les réseaux sociaux !

POUR ALLER PLUS LOIN

ÉDITION DE RÉFÉRENCE

- GRIMM J. et W., *Contes*, Paris, Flammarion, coll. « Librio », 2015, p. 7-16.

ÉTUDES DE RÉFÉRENCE

- BETTELHEIM B., *Psychanalyse des contes de fées*, Paris, Robert Laffont, 1976.

- CARLIER C., *La Clef des contes*, Paris, Ellipses, 1998.

- COLIN D., *Dictionnaire des symboles, mythes et légendes*, Paris, Hachette, 2006.

- DE CRUYENAERE J.-P., *Le conte*, Bruxelles, Didier Hatier, 1990.

- GARDIN N. et OLORENSHAN R., *Petit Larousse des symboles*, Paris, Larousse, 2011.

- HAMILTON E., *La mythologie*, Verviers, Marabout, 1978.

- « Il était une fois les contes de fées », in *expositions.bnf.fr*, consulté le 12 janvier 2018. http://expositions.bnf.fr/contes/index.htm

- PIGANI E., « Ce que les contes nous

racontent » in *psychologies.com*, consulté le 12 janvier 2018. http://www.psychologies.com/Culture/Philosophie-et-spiritualite/Savoirs/Articles-et-Dossiers/Ce-que-les-contes-nous-racontent

- RONDEAU C., *Aux sources du merveilleux. Une exploration de l'univers des contes*, Québec, Presses de l'Université du Québec, 2011.

- SÉBILLOT P., « La Petite Toute-Belle », in *Contes des landes et des grèves*, Terre de Brume, Rennes, 1997, p. 109-113.

- SEVESTRE C., *Le Roman des contes*, Étampes, Cédis Éditions, 2001.

- UTHER H.-J., *The Types of International Folktales. A Classification and Bibliography Based on the System of Antti Aarne and Stith Thompson*, Helsinki, Academia Scientiarum Fennica, 2004.

ADAPTATIONS

- *Blanche-Neige et les Sept Nains*, long métrage des studios Walt Disney, réalisé par David Hand, 1937.

- *Blanche-Neige*, film de Tarsem Singh, avec Lily Collins et Julia Roberts, 2012.

- *Blanche-Neige et le Chasseur*, film de Rupert Sanders, avec Kristen Steward et Charlize Theron, 2012.

SUR LEPETITLITTÉRAIRE.FR

- Fiche de lecture sur les *Contes* des frères Grimm.

Retrouvez notre offre complète sur lePetitLittéraire.fr

- des fiches de lectures
- des commentaires littéraires
- des questionnaires de lecture
- des résumés

DUMAS
- Les Trois
  Mousquetaires

ÉNARD
- Parlez-leur
  de batailles,
  de rois et
  d'éléphants

FERRARI
- Le Sermon sur la
  chute de Rome

FLAUBERT
- Madame Bovary

FRANK
- Journal
  d'Anne Frank

FRED VARGAS
- Pars vite et
  reviens tard

GARY
- La Vie devant soi

GAUDÉ
- La Mort du
  roi Tsongor
- Le Soleil des
  Scorta

GAUTIER
- La Morte
  amoureuse
- Le Capitaine
  Fracasse

GAVALDA
- 35 kilos d'espoir

GIDE
- Les
  Faux-Monnayeurs

GIONO
- Le Grand
  Troupeau
- Le Hussard
  sur le toit

GIRAUDOUX
- La guerre de
  Troie
  n'aura pas lieu

GOLDING
- Sa Majesté des
  Mouches

GRIMBERT
- Un secret

HEMINGWAY
- Le Vieil Homme
  et la Mer

HESSEL
- Indignez-vous !

HOMÈRE
- L'Odyssée

HUGO
- Le Dernier Jour
  d'un condamné
- Les Misérables
- Notre-Dame
  de Paris

HUXLEY
- Le Meilleur
  des mondes

IONESCO
- Rhinocéros
- La Cantatrice
  chauve

JARY
- Ubu roi

JENNI
- L'Art français
  de la guerre

JOFFO
- Un sac de billes

KAFKA
- La Métamorphose

KEROUAC
- Sur la route

KESSEL
- Le Lion

LARSSON
- Millenium I. Les
  hommes qui
  n'aimaient pas
  les femmes

LE CLÉZIO
- Mondo

LEVI
- Si c'est un
  homme

LEVY
- Et si c'était vrai...

MAALOUF
- Léon l'Africain

MALRAUX
- La Condition humaine

MARIVAUX
- La Double Inconstance
- Le Jeu de l'amour et du hasard

MARTINEZ
- Du domaine des murmures

MAUPASSANT
- Boule de suif
- Le Horla
- Une vie

MAURIAC
- Le Nœud de vipères

MAURIAC
- Le Sagouin

MÉRIMÉE
- Tamango
- Colomba

MERLE
- La mort est mon métier

MOLIÈRE
- Le Misanthrope
- L'Avare
- Le Bourgeois gentilhomme

MONTAIGNE
- Essais

MORPURGO
- Le Roi Arthur

MUSSET
- Lorenzaccio

MUSSO
- Que serais-je sans toi ?

NOTHOMB
- Stupeur et Tremblements

ORWELL
- La Ferme des animaux
- 1984

PAGNOL
- La Gloire de mon père

PANCOL
- Les Yeux jaunes des crocodiles

PASCAL
- Pensées

PENNAC
- Au bonheur des ogres

POE
- La Chute de la maison Usher

PROUST
- Du côté de chez Swann

QUENEAU
- Zazie dans le métro

QUIGNARD
- Tous les matins du monde

RABELAIS
- Gargantua

RACINE
- Andromaque
- Britannicus
- Phèdre

ROUSSEAU
- Confessions

ROSTAND
- Cyrano de Bergerac

ROWLING
- Harry Potter à l'école des sorciers

SAINT-EXUPÉRY
- Le Petit Prince
- Vol de nuit

SARTRE
- Huis clos
- La Nausée
- Les Mouches

SCHLINK
- Le Liseur

SCHMITT
- La Part de l'autre
- Oscar et la
  Dame rose

SEPULVEDA
- Le Vieux qui
  lisait des romans
  d'amour

SHAKESPEARE
- Roméo et Juliette

SIMENON
- Le Chien jaune

STEEMAN
- L'Assassin
  habite au 21

STEINBECK
- Des souris et
  des hommes

STENDHAL
- Le Rouge et
  le Noir

STEVENSON
- L'Île au trésor

SÜSKIND
- Le Parfum

TOLSTOÏ
- Anna Karénine

TOURNIER
- Vendredi ou
  la Vie sauvage

TOUSSAINT
- Fuir

UHLMAN
- L'Ami retrouvé

VERNE
- Le Tour
  du monde
  en 80 jours
- Vingt mille
  lieues sous
  les mers
- Voyage au
  centre de
  la terre

VIAN
- L'Écume des jours

VOLTAIRE
- Candide

WELLS
- La Guerre des
  mondes

YOURCENAR
- Mémoires
  d'Hadrien

ZOLA
- Au bonheur
  des dames
- L'Assommoir
- Germinal

ZWEIG
- Le Joueur
  d'échecs

ISBN version numérique : 978-2-8062-5147-3
ISBN version papier : 978-2-8062-5191-6
Dépôt légal : D/2018/12603/36

Avec la collaboration d'Ariane César pour l'encadré
« Le complexe d'Œdipe », ainsi que pour les chapitres
« Le romantisme allemand » et « Blanche-Neige ».

Conception numérique : Primento,
le partenaire numérique des éditeurs.

Ce titre a été réalisé avec le soutien de la Fédération Wallonie-Bruxelles, Service général des Lettres et du Livre.